# El gusano humano

Autor: Julio Cesar Mateo Perez

## *Prologo*

*En el contenido de este libro, el autor trata de relacionar las experiencias de algunos hechos comparada con el comportamiento de los seres humanos.*

***Índice***

## *El Gusano humano*

*Pericles Novo nació de forma normal. Fue creciendo acompañado de los sueños que aspira todo ser humano. Con virtudes y defectos era reconocido en la vecindad, como una persona cariñosa, amante de la paz y la libertad. Todo iba muy bien, hasta que algo extraño sintió en su estructura física, que llamo poderosamente su atención. Empezó a sentir dolores en las articulaciones móviles de su cuerpo, que se iba incrementando con el pasar del tiempo. Sus huesos empezaron a quebrarse sin una razón aparente. Sus brazos y piernas perdieron sus consistencias, por la ruptura de su estructura ósea. Era incapaz de mantenerse en pies y solo usando su piel como oruga podía moverse, arrastrándose sobre la superficie. El cáncer resulto implacable. Con su cabeza levantada, su cuello adolorido y temeroso de que las vértebras de su columna colapsaran, reflexiono sobre su estado. Valoro su experiencia anterior y al compararla con su situación actual, concluyo que aun disponía de algo valioso: _ La vida_. Su cerebro funcionaba perfectamente, conservando la capacidad de expresar su visión sobre los variados temas agendados en su entorno. El compromiso con sus ideas era tan profundo, que lo inducia a olvidar de forma temporal su lamentable situación física. Su sentimiento de amor, fidelidad y fe, se fortalecieron de tal manera, que la vida se convirtió en un placer y el deseo de morir en una opción de felicidad. Juzgar la toma de decisión de un ser humano en esta circunstancia es una imprudencia. Tratar de prolongar la vida o precipitar la muerte, es una decisión única, de quien padece un cáncer terminar. No es cuestión de ser valiente o cobarde. Es una acción tendente a enfrentar con ecuanimidad la indeseable transformación física de un ser humano, que lo reduce a la movilidad de un gusano. Los que viven esta experiencia, la propia enfermedad los fortalece, para llevar con dignidad su situación. No recuren a llantos ni lamentos, ni los necesitan, porque su integridad se eleva cuando se aferra a la fe de la promesa de una nueva y mejor vida después de la muerte. La otra opción es asumir la materia como el principio y el fin de lo que existe y esto también los fortalece, porque al final seguirá siendo una materia transformada, conforme a la lógica de la ciencia en la que cree y confía.*

## *En busca de la fuente.*

Cuando era un mozalbete, mi vinculación temprana con las actividades agrícola, me dio la oportunidad de observar el comportamiento de los peces, cuando sentían que la fuente de suministro de agua, empezaba a disminuir su caudal. Durante tres días la regola era represada, para desviar el agua hacia la plantación de arroz. Los peces se diseminaban en los arrozales y nadaban libremente protegidos por la sombra de la plantación, pero la felicidad terminaba cuando se abría la compuerta y el agua retornaba desde el arrozal a la cañería de suministro. La agonía de los peces por la supervivencia frente a la falta del preciado líquido era desesperante. Algunos lograban retornar a la regola y otros perecían en el intento, saltando en lo seco, cubierto por el pesado lodo. Esta agonía pecuaria, no es muy diferente a la que ocurre a los políticos cuando se aproxima la posibilidad del desplazamiento del poder en lugar de la de la permanencia en el mismo. La amenaza de perder el control de la administración de los recursos, genera una estampida de políticos, empresarios y ciudadanos asalariados en el estado, hacia la dirección que les pueda garantizar la continuidad del disfrute de la cuota de beneficio de los que tienen el privilegio de controlar los recursos del estado. Al igual que los peces, algunos logran salir airoso, asegurando su influencia y bienestar, independientemente de quien controle la administración. Para otros la agonía es similar a la de los peces atrapados en el lodo.

## Jodido, pero entretenido

*Por muchos años, el pensamiento y acción del ser humano, obedecía a dos visiones opuestas, sobre la relación de la economía política y su impacto económico social. Los sistemas socialista y capitalista prevalecieron predominante, hasta que la aparición de la perestroika de Gorbachov, pudo fin a la unión de repúblicas socialista soviética. En ambos sistemas, la necesidad de producir riqueza, constituía un principio fundamental, pero con solida diferencia sobre el uso y distribución de la misma. El sistema capitalista reivindicaba la acción productiva del individuo a cambio de su merecido salario. El sistema socialista reivindicaba como derechos; los servicios de educación salud, alimentación, vivienda y diversión. Ningunos de los sistemas concebía la pobreza extrema como parte de la ecuación en la calidad de vida de los países, aunque si eran conocedores, que, para lograr sus objetivos, alguien tendría que sacrificarse y como una lógica natural, a la clase trabajadora había que sacarle el máximo de rendimiento, con el mínimo salario. En el mundo real, en ambo sistema la pobreza extrema existe y se ha convertido su eliminación en un objetivo del milenio. El acelerado cambio en el desarrollo de la tecnología informática digital y la inteligencia artificial, parece representa la tabla de salvación, para que la situación de desigualdad social se puedas sobrellevar, sin general confrontación, que pongan en peligro la seguridad del estado actual de explotación, de la fuerza productiva. El desarrollo de la tecnología está generando el surgimiento de un nuevo elemento: _El Influencer_, capaz de cambiar el curso normal de la historia, si las condiciones de la realidad existente, coincide con su visión. La masificación del uso de las redes y el acceso al internet, podría ser la clave, para que las mayorías de la gente en todo el mundo permanezca jodido, pero entretenido.*

## ***La vida es buena***

*El milagro de ser escogido para nacer, es un privilegio invalorable. No importa la circunstancia que enfrentemos en un momento determinado: si estamos vivos estamos ganando. Con dolor o alegría, pobreza o riqueza, prisionero o en libertad, si estamos vivos _estamos ganando_ porque las circunstancias son pasajeras y nunca serán eternas. Si fueran eternas y estamos vivos también _ estamos ganado_. Estoy convencido que la mayor causa de la infelicidad es la inconformidad y el quejarnos de la situación del momento. El dolor no escapa a nadie: el más encumbrado y el más humilde sufren sin poder evitar la pérdida o desgracia de un ser querido. Es preferible perder los bienes adquiridos, aunque nos haya costado mucho obtenerlo, que perder la vida. Esta puedes disfrutarse aun en las peores condiciones: La clave está en la actitud asumida para enfrentarla. No me cabe ninguna duda que las personas cubierta por la fe en Dios, la carga se le hace menor y más llevadera. La confianza en sí mimo, guiado por las enseñanzas y practica del cristianismo fortalece el espíritu para sobrellevar cualquier circunstancia. Siento mucho respeto por los hombres de ciencia y no pongo en dudas el alcance del desarrollo de su conocimiento, desde el punto de vista de su relación con el medio ambiente que lo rodea y el valor de la materia que fortalece su espíritu indómito hacia la búsqueda del conocimiento de lo desconocido, pero hoy siento más respeto por la relación espiritual que puedas tener con Dios. Siempre pensé o llegué a creer que esa relación era un dogma, que hacía que las personas se comportasen similar al instinto animal del ganado. Hoy estoy convencido que millones de vacas no pueden equivocarse y tiene que existir algo en común que la guie a su destino. Los seres humanos que se aferran a la creencia en Dios, de alguna manera han tenido su propia experiencia espiritual para que así sea. Debemos creer en los hombres porque son parte de un mismo plan divino. La vida es buena y debemos disfrutarla y apreciarla. La promesa de una vida eterna después de la muerte es la más grandiosa y maravillosa oferta que ha existido y existirá antes y después del origen y el fin del universo. Las promesas se disfrutan con igual gozo de recibirla. La historia milenaria que narra el testimonio de la existencia de grandes imperios, hoy desaparecidos como si no hubieran existido, es una guía que nos dice que nada dura para siempre de la misma forma y manera. La desaparición de los imperios contemporáneos esta al doblar de la esquina, tal y como los conocemos hoy. Disfrutemos el privilegio de estar vivos, e ignoremos dentro de lo posible, la circunstancia en que nos corresponde vivirla.*

www.ingramcontent.com/pod-product-compliance
Lightning Source LLC
La Vergne TN
LVHW020546160826
845677LV00015B/4226

* 9 7 9 8 4 1 7 6 8 6 8 4 9 *